DONATED TO

PROMOTE THE VALUES OF KINDNESS,

LOYALTY, HUMILITY, OPENNESS

AND FORGIVENESS WITHIN FAMILIES

Para Nico, con amor,
por regalarme el secreto de las princesas que viven en los museos.

Marina García

Nació en Buenos Aires, Argentina, una mañana de
otoño del siglo pasado y ya de pequeña le gustaba ir
por ahí contando historias y haciendo dibujitos.
De mayor se hizo arquitecta y eso también le
gustaba mucho, pero hace poco dejó el mundo de las
construcciones para dedicarse a escribir e ilustrar
libros para niños porque le gusta muchísimo más.
Y todo empezó hace varios años, el día
que vino de visita a España, cuando la tierra de sus
abuelos le atrapó con su magia
y ya no quiso volverse.
Actualmente vive en Sevilla con su pequeño hijo
Nicolás y ha publicado varios libros de
arte y de viajes para niños.

ediciones
SerreS

Mateo de paseo por
El Museo del Prado

Texto e ilustraciones

Marina García

Esta obra ha sido publicada con la ayuda
de la Dirección General del Libro, Archivos y Bibliotecas
del Ministerio de Educación, Cultura y Deporte.

Créditos fotográficos
© Museo del Prado, Madrid 2003
© Joaquín Sorolla, VEGAP, Barcelona 2003

Del texto e ilustraciones
© 2003 Marina García Gurevich
lucanor@teleline.es

© 2003 Ediciones Serres, S. L.
Muntaner, 391 – 08021 – Barcelona
www.edicioneserres.com

Derechos en lengua castellana para todo el mundo

Primera edición, 2003
Primera reimpresión, 2004
Segunda reimpresión, 2005

ISBN: 84-8488-070-2

Diseño editorial: Estudio Marina García

-¡Vamos, vístete pronto, Mateo! -dijo mi abuela entusiasmada-. Te llevaré a un sitio muy especial que guarda tesoros de reyes y reinas desde hace muchísimos años... ¡Y hasta encontrarás príncipes y princesas!

Busqué deprisa en mi armario algo que pudiera darme un toque "principesco" como para la ocasión: algún sombrero, un antifaz, mi disfraz de Spiderman...

Probé de todo, hasta me puse un poco de crema de zapatos en la cara como el rey Baltasar... pero nada. ¡Parecía el mismo Mateo de siempre!

-¡Ahh no!; de disfraces nada -dijo la abuela al verme y me hizo vestir con mi jersey y mi vaquero de todos los días-.

-En el museo verás a cada uno retratado con sus ropas de costumbre -comenzó a explicar mientras caminábamos-. Algunos más elegantes que otros pero cada cual con las de su época...¿¿¡¡Había dicho "MUSEO"!!??

-Sí claro, en el Museo del Prado hay príncipes, princesas y también cazadores, perros, caballos y mucho más por descubrir -agregó mientras subíamos unas inmensas escaleras hasta una puerta que decía ser de un señor llamado Goya...

Pensé que ese señor estaría junto a su puerta, pero no le ví.
Parece ser que tampoco era el jinete rodeado de columnas que había
nada más entrar al museo.
Entonces, la abuela me cogió de la mano y me llevó por una sala ancha y
larguísima con montones de cuadros colgados.
-Antes que nada visitaremos a la Infanta Margarita -dijo entusiasmada-.
¡Verás que princesa más guapa!...

–Aquí la tienes –dijo la abuela mientras se sentaba y aflojaba
sus zapatones para descansar un poco.
Una niña de cabellos largos y rubios me miraba desde un inmenso cuadro.
De repente el pintor dejó de pintar, una joven con rizos me miró de reojo, un
señor se quedó inmóvil junto a la puerta y hasta una pareja se asomó a
espiar desde el espejo del fondo: ¡todos me miraban a mí!
O al menos eso me parecía... Entonces empezaron a ocurrir cosas muy extrañas...

*La familia de Felipe IV,
o Las meninas*
Diego Velázquez

¡Ufff!

-Me marcho y se acabó; ¡aquí me aburro muchísimo! -gritó la niña rubia y sin más pegó un enorme salto fuera del cuadro. Llevaba un enorme vestido, unos adornos de flores y unos zapatones de suela muy grande.

¡Parecía flotar en el aire!

-¿Y tú qué haces con esa cara de bobo?

¿NUNCA has visto princesas escaparse de un cuadro? -dijo.

-Me llamo Mateo -balbuceé un poco atontado-. ¿Y tú?

-¡Soy la infanta Margarita! -contestó orgullosa y agregó-, mi papá es el rey Felipe IV y la reina Mariana es mi mamá. Y ahora lo único que quiero es divertirme y dar un paseo por allí afuera. ¿Te vienes conmigo?

¡¡Me marcho y se acabó!!!

¡Chisst!

–Para divertirse de verdad, hay que escapar por la ventana que tengo a mis espaldas –propuso un señor con rizos muy largos y un gorro a rayas–. Prometo no decir a nadie que os he visto -susurró.

También nos dijo que se llamaba Durero y que se había pintado ahí él mismo cuando era joven. -¡Vamos Mateo, esto va a ser genial!

Margarita me hizo un guiño, me cojió de la mano y, antes de que pudiera decir nada me hizo pegar un salto enorme por aquella ventana. Pero...

¿Qué habría esperando del otro lado?

Autorretrato
Albrecht Dürer

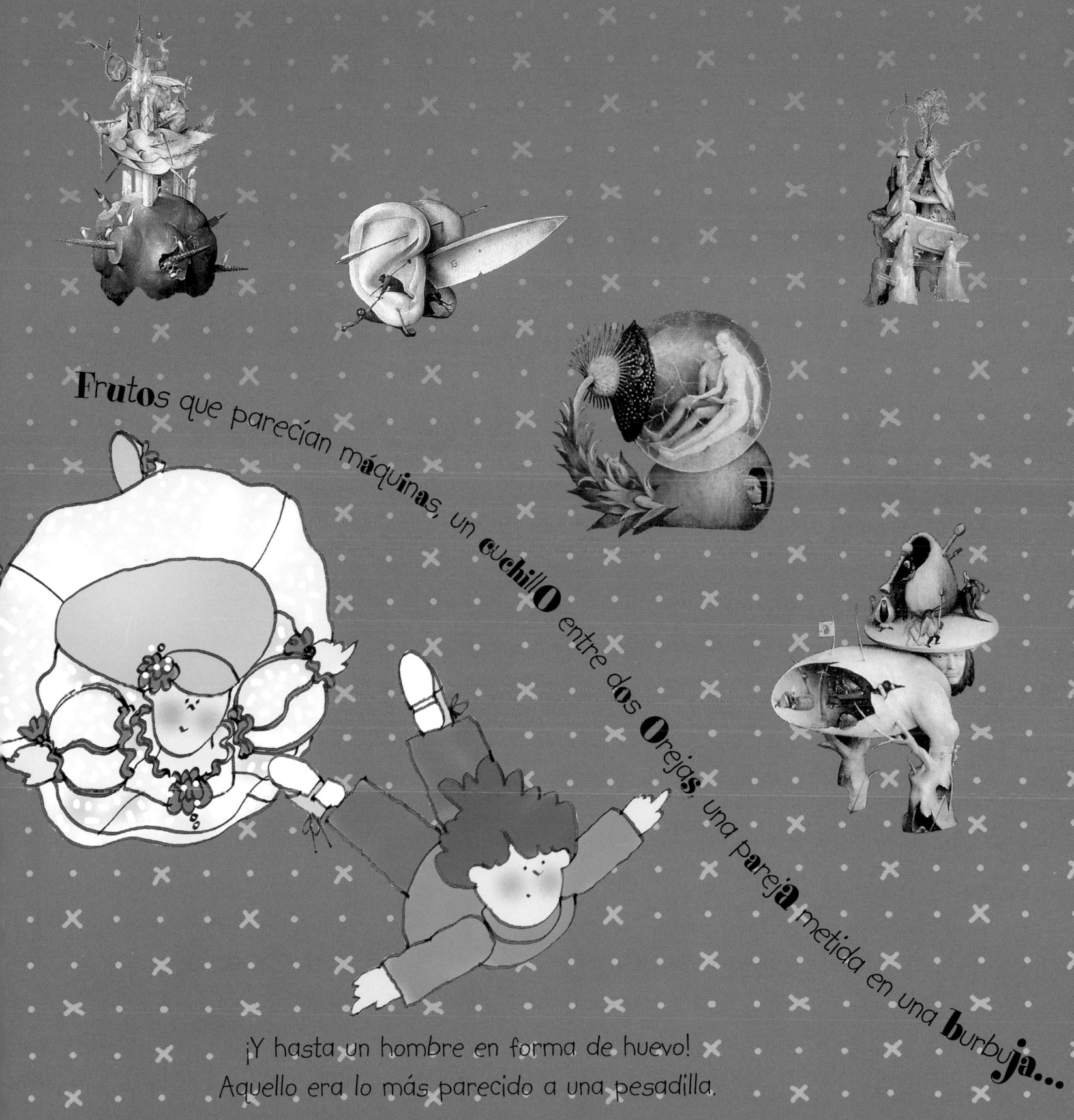

Frutos que parecían máquinas, un **cuchillO** entre dos **Orejas**, una **pareja** metida en una **burbuja...**

¡Y hasta un hombre en forma de huevo!
Aquello era lo más parecido a una pesadilla.

¡OHhhh!

—Este jardín no se parece en nada a los de mi palacio —exclamó
Margarita sorprendida mientras la burbuja se paseaba sobre su vestido—.
Nadie se fijaba en nosotros y parecían muy entretenidos cada uno en lo suyo.
Sólo el hombre, con cuerpo en forma de huevo roto, giró su cabeza al vernos
haciendo tambalear a los bailarines que tenía encima: ¡Por poco no se caen al agua!

El jardín de las delicias
Hieronymus Bosch, El Bosco

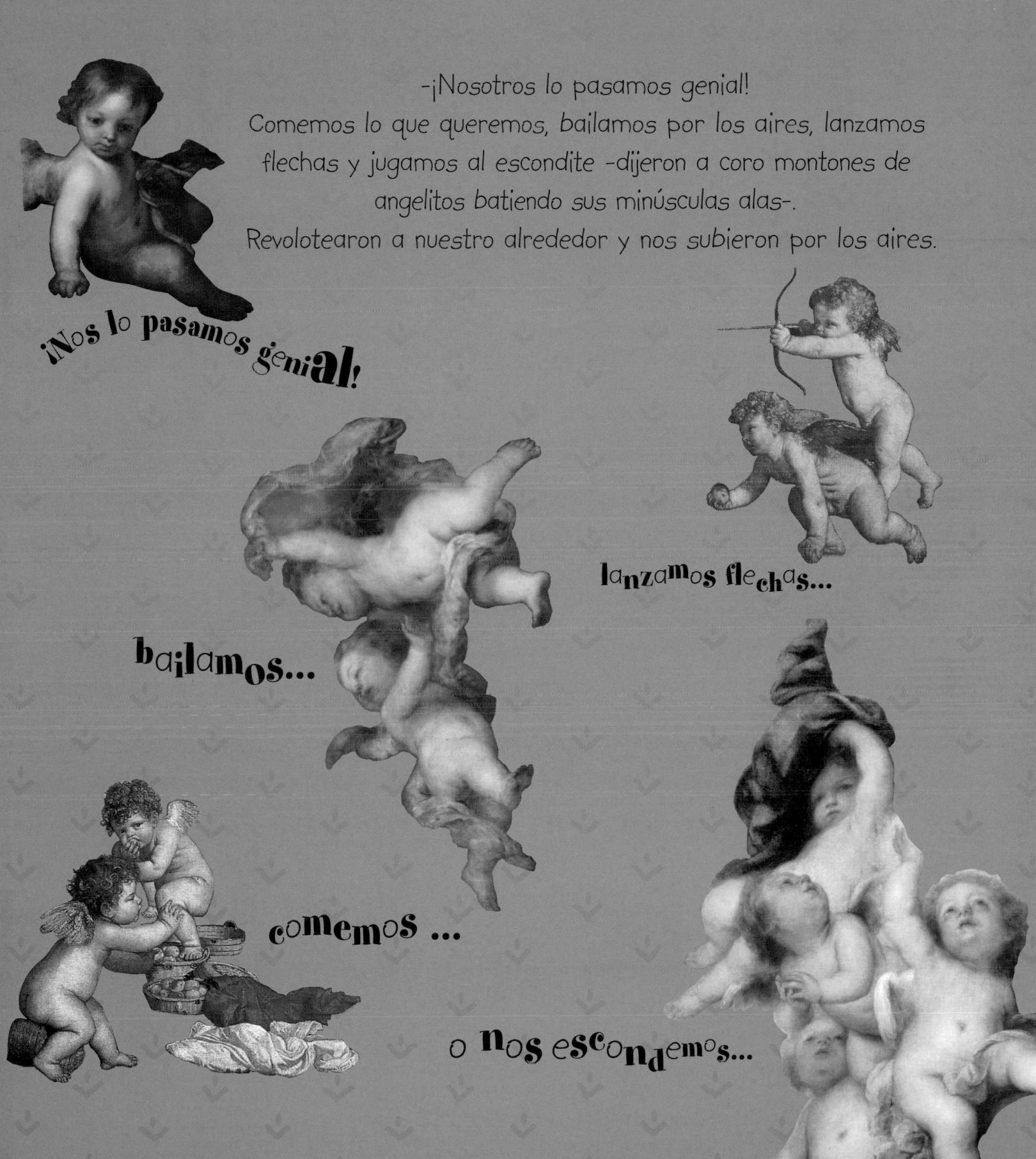

-¡Nosotros lo pasamos genial!
Comemos lo que queremos, bailamos por los aires, lanzamos
flechas y jugamos al escondite -dijeron a coro montones de
angelitos batiendo sus minúsculas alas-.
Revolotearon a nuestro alrededor y nos subieron por los aires.

¡Nos lo pasamos genial!

lanzamos flechas...

bailamos...

comemos ...

o nos escondemos...

Arriba en el cielo, unos bailaban al compás de una música celestial.

Abajo, sobre la hierba, los más regordetes y traviesos se divertían mogollón:

Bailaban, jugaban, subían, bajaban y tiraban manzanas desde los árboles. Una joven intentaba coger alguna, pero era muy difícil y casi se cae.

Un angelito sonriente nos ofreció a nosotros las más rojas y las mordisqueamos de camino hacia la colina de donde venían las risas...

Inmaculada (de Soul)
Bartolomé Esteban Murillo

Ofrenda a Venus
Vecellio di Gregorio Tiziano

¡Ja! ¡Ja!

-¡Vamos Mateo!, allí parece que se están divirtiendo a lo grande
—dijo Margarita y nos fuimos al encuentro detrás de ellos.
¿Qué les parecería tan divertido?

¿parecemos gigantes?

¡Dejadme paso!

¡Jiiiiiii!

¡tumbarse en la arena mojada es lo que más mola!

¡Ja! ¡ja!

-¿Jugamos a ser gigantes? -preguntó el niño del sombrero y chaqueta roja.

Margarita dijo que no: ¡una princesa no hace tonterías!

Pero luego se lo pensó mejor y tuve que montarla a mis espaldas.

¡Uy lo que pesan las princesas con esos vestidos!

-Mucho más divertido es montar a caballo e ir de caza -gritó uno que venía al galope y casi nos aplasta con su caballo marrón.

-¡Cuidado, Baltasar Carlos! -gritó Margarita que parecía conocerle bien.

Las gigantillas
Francisco de Goya y Lucientes

Baltazar Carlos a caballo
Diego Velázquez

¡Splasshh!!

Más adelante, tumbados a orillas del mar, unos niños
jugaban a tirarse bolas de arena.

-¡Esto sí que parece divertido!, ayúdame con mis chapines que quiero caminar sobre
esta arena tan mojada -ordenó Margarita.

Le ayudé y además tuve que cargarlos porque ella es una princesa.

Margarita recogió su falda y nos pusimos a dar saltitos de aquí para allá hasta
que escuchamos la música que llegaba, con las olas, hasta la playa...

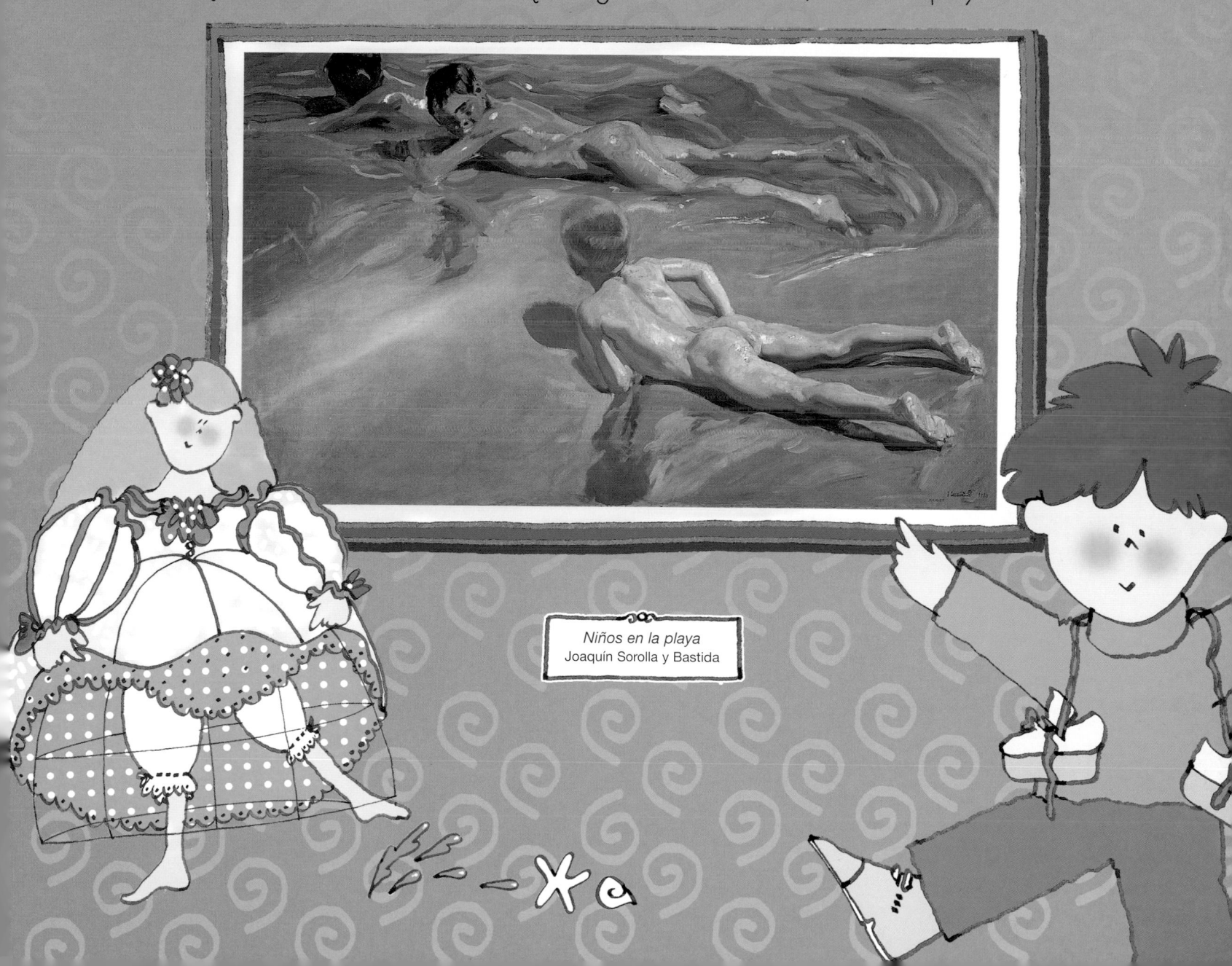

Niños en la playa
Joaquín Sorolla y Bastida

¡Tic!...tac!

relojes, violineS, viOloncheloS, cítaras, clavicordios, trompetas, papagayos...fuentes y tambores...

¡Tic!...tac!

La música inundaba todos los rincones,
pero el niño de las flautas sólo escuchaba su propia melodía...

¡Y eso que hicimos mucho barullo: con la trompeta, el tambor y hasta Margarita se animó con el contrabajo! Pero el niño ni nos miró.

-¿Qué haces aquí tan solo? –preguntó Margarita intrigada-. ¿No te aburres?

-No estoy solo ni me aburro –respondió el niño sin quitar los ojos de las flautas-. Mi música y mi amiga me acompañan. A su lado, una oveja blanca y peluda, mordisqueaba la hierba y movía la cabeza.

Idilio
Mariano Fortuny i Marsal

La música nos llevó hasta un inmenso salón. Allí, en el centro, una mujer y un niño cantaban acompañados de varios animales.

-Escuchad atentamente y bailad con los sonidos de los instrumentos musicales y los pájaros más exóticos -dijo la joven girando la vista hacia nosotros-.

¡Y prestad mucha atención al tic tac de los relojes!

Alegoría del Oído
Jan Brueghel de Velours

Y nos fuimos bailando, dando vueltas y más vueltas hasta que...

Una vaporosa **nube** de color **rosa** se acercó a nosotros y nos invitó a **montar** en ella.

En la pradera, a orillas del río, se veía muchísima gente...

—¡Bajad a celebrar con nosotros! —dijo la dama de la sombrilla blanca al vernos.

—¡¡Una fiesta!!, con lo que me gustan las fiestas —chilló Margarita entusiasmada.

Pero... ¿Qué festejaban allí?

¡Ey!

-¡Venid a la fiesta de San Isidro y os retrataré en ella! -propuso un señor que pintaba sobre una tabla todos los colores de la fiesta. Pequeños toques por aquí, algunas manchas por allá y una enorme y vaporosa nube rosa en el cielo.

Margarita me contó que ese señor era Francisco de Goya, ¡el pintor!

Le pregunté si era el mismo señor Goya de la puerta de entrada al museo, pero me dijo que ella de eso no sabía nada.

La maja vestida de blanco le prestó su sombrilla y Margarita se puso muy contenta.

La pradera de San Isidro
Francisco de Goya y Lucientes

¡Baangg!, ¡Bang!...disparos por aquí...

¡Guauu! ¡Guauu!

Ladridos por allá...

Zzz...... Zzz...

Nos escondimos rápidamente.

-¡Shhhh! –chistó el niño de la escopeta-. ¡Vais a espantar a los venados!

Su perro, que estaba dormido junto a él, no dijo ni ¡guau!

¡Guau!

A lo lejos se había montado un barullo infernal: los perros ladraban a rabiar
tras los venados y los cazadores les seguían la pista.
Un perro, muerto de miedo, apenas asomaba el hocico de su escondite;
pero observaba todo muy atentamente.
-A este no le gusta mucho la caza -dijo Margarita poniendo cara de sabionda-.
Y si no me crees pregúntale al príncipe Baltasar Carlos que de estas cosas
sabe un montón.

Perro semihundido
Francisco de Goya

¡Guau!

¡Guau!

¡Guau!

El niño con traje y gorra de cazador sonrió orgulloso al escuchar su nombre.
¡Si era el mismo que casi nos pisa con su caballo!
-Algún día, además de Rey, seré un buen cazador -comentó mientras sostenía
muy tieso su escopeta.
-¡Ja! ¡Ja! Pues tendrás que buscarte un perro más despierto –rió Margarita
señalando al perdiguero que roncaba a su lado.
El galgo, que estaba escondido, sonrió sin mover siquiera una oreja.

Baltasar Carlos cazador
Diego Velázquez

¡**Baangg!**

Preparen... Apunten... ¡Fuego!

¡Pero si estábamos ante un pelotón de fusilamiento!

Margarita casi se desmaya y a mí me tocó hacerme el valiente.

–Algun día pintaré esta horrible matanza –susurró una voz conocida que era la del

mismísimo Goya escondido a nuestro lado espiando con su catalejo.

Un farol enorme iluminaba a los soldados con uniforme gris que apuntaban hacia el

grupo de hombres. El miedo nos tenía petrificados...

El tres de mayo de 1.808 en
Madrid: Los fusilamientos
Francisco de Goya

–¡Vamos! ¡seguidme rápido, que os sacaré de aquí!...

Dijo el joven, que parecía tener mucha prisa. Corría y echaba manzanas de oro a su paso. –¡Ni se les ocurra tocarlas! —exclamó adivinando nuestras intenciones.–Son una trampa para Atalanta: ¡Ella se detendrá a cojerlas y yo ganaré la carrera! —agregó y salió corriendo con su largo pañuelo rojo ondeando al viento...

Ahí mismo apareció ella, corriendo, con su larga cabellera y cubierta con un paño de tonos azules.

-¡Hipómenes no me vencerá! –dijo muy segura de ser la más veloz-. Ni sus trampas ni sus trucos harán que pierda esta carrera, ¡como que me llamo Atalanta!

Margarita se quitó los chapines, para correr más cómoda, y yo tuve que volver a cargarlos como siempre... Cosas de princesas, ¡bah!

Corrimos un trecho junto a ellos hasta que los otros salieron a nuestro encuentro...

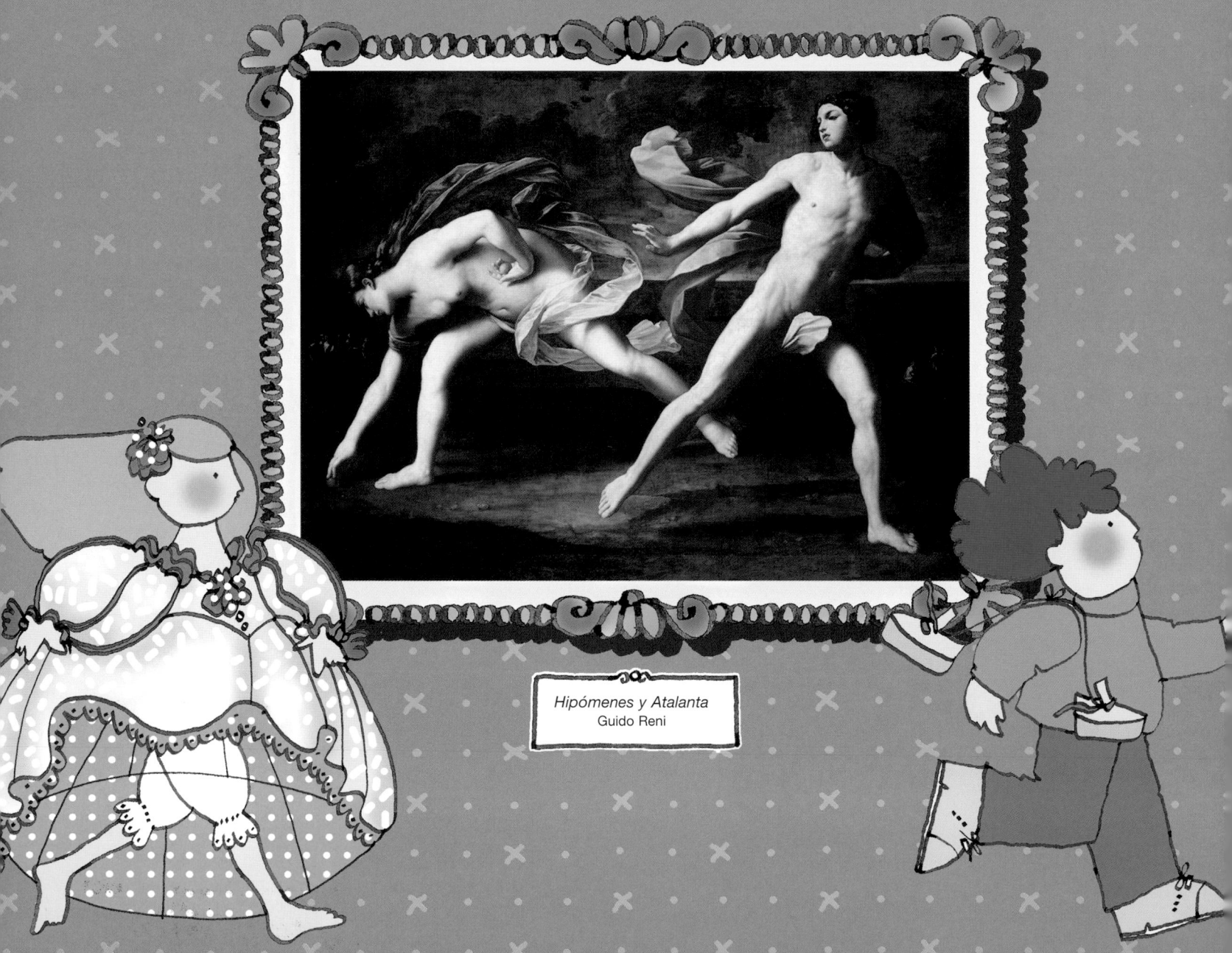

Hipómenes y Atalanta
Guido Reni

-¿Dónde váis con tanta prisa? -preguntó uno con voz muy seria.

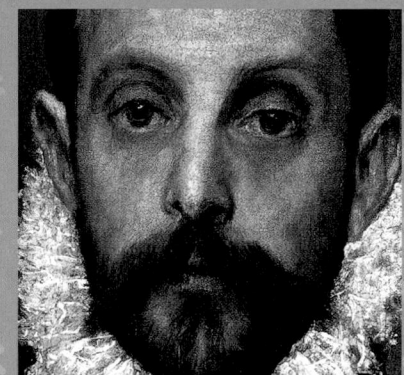

-¡Oh!, ¡oh! Así no se comporta una princesa -dijo una señora.

-Debéis, ir con un poco más de calma —añadió otra muy tranquila.

¿Quiénes eran todos estos?

Margarita, peleona como siempre, les contestó que nadie le diría a ella, que era toda una Infanta, lo que debería hacer o dejar de hacer. ¡Estaba enojadísima!

¡Huuumm!

—Caray chica, tampoco es para que te pongas de ese modo —sugirió desperezándose, la señora tumbada sobre enormes cojines de color blanco. Nos miraba con una sonrisa de lo más misteriosa y parecía muy contenta de estar allí sin hacer absolutamente nada.

—Ya veis, estoy aquí posando inmóvil hace muchísimas horas, mientras Goya me hace varios retratos —aclaró sin preocuparse demasiado—. En el que me hizo antes llevaba mis ropas, ¡pero ahora sin ellas y tan tranquila que estoy!

La maja desnuda
Francisco de Goya

-¡Tranquila yo!, que beberé este brebaje y sin rechistar -intervino una señora regordeta saliendo de la penumbra.

La luz dorada le iluminaba resaltando su lujoso vestido y sus joyas.

-A mí, eso de posar desnuda, no me parece muy apropiado para una dama -interrumpió un caballero muy alargado, llevándose la mano al pecho-. Con lo elegante que es vestir con trajes oscuros y un cuello tan alto y blanco como el mío.

Artemisa
Rembrandt Harmensz Van Rijn

*El caballero
de la mano en el pecho*
Domenikos Theotokopoulos, El Greco

¡ClinK!... ¡clank!

¡Ay! ¡Ay! ¡Ayyyyy!

¡Clink!... ¡clank! Sonaban las monedas al caer...

Aquí nadie nos hacía ni caso y se les veía
muy concentrados en sus tareas.
Entonces nos acercamos, sin hacer ruido, para espiarlos...

El señor con mucha barriga chillaba atado a la silla.

-Estarás mejor si quitamos la piedra que tienes en tu cabeza -aclaró otro que llevaba un embudo de lata en la suya.

-Estos están todos locos -dijo el hombre con sombrero enorme y aspecto de tacaño-. Yo me dedico a cosas mucho más serias como cambiar y juntar monedas.

-¡Yo también! -dije ilusionado-. ¿Me puedo llevar una para mi colección?

-¡Noo! -contestaron él y su mujer a dúo sin quitar los ojos de la balanza que las pesaba.

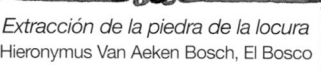

Extracción de la piedra de la locura
Hieronymus Van Aeken Bosch, El Bosco

El cambista y su mujer
Marinus Claeszon Van Reymerswaele

¡princesa Margaritaaaa!

–¡¡Margaritaaaaaaaaa!! –gritaba el enano mientras corría hacia nosotros.
Estaba muy preocupado, cosa extraña en los enanos pues siempre divierten a
todos, pero igual parecía muy gracioso.
–Doña Margarita, –dijo todavía un poco agitado–, debería regresar al taller de don
Diego Velázquez, todos la están esperando: ¡Hasta sus Majestades le aguardan
impacientes! Y dicho esto se sentó en su cuadro y allí se quedó medio exhausto con
las piernas estiradas mostrando la minúscula suela de sus zapatos...
¿Zapatos? ¡Entonces Margarita se acordó que no llevaba puestos los suyos!
Y tuve que ayudarle a calzarlos deprisa...

Don Sebastián de Morra
Diego Velázquez

-Mejor me marcho, Mateo -balbuceó Margarita-. No quisiera contrariar a mis
padres y ya me he divertido mucho por hoy.
Entonces dió un salto y se metió rápidamente en un cuadro junto a muchas personas
con trajes, joyas y caras de lo más principescas.Y entonces empezó todo el lío...
-¡Fuera, vete! -chilló el niño del vistoso traje rojo - ¡Me estás aplastando!
-Aquí no hay sitio para ti -agregó otra niña abrazada a su madre.
La madre le echó una mirada furiosa a Margarita...
Y para colmo, el bebé se puso a llorar entre tanto desorden. ¡Qué desastre!

¡Shhhh!

–En la familia del rey Carlos IV, que soy yo, está muy claro que la que sobra eres tú jovencita –afirmó, el señor del peluquín blanco que lucía como todo un rey.

Llevaba muchas condecoraciones y una banda azul y blanca cruzándole el pecho.

Margarita estaba roja de vergüenza y no podía balbucear ni una palabra... ¡Se había confundido de cuadro!... ¡¡ÉSA no era SU familia!!

–¡Vete por aquí! –susurró una voz conocida que resultó ser el mismísimo Goya.

Estaba retratando a la familia real oculto detrás de todos.

Margarita se escabulló de puntillas. Una joven giró su cabeza al verla, pero le hizo un guiño cómplice y no dijo nada a nadie.

La familia de Carlos IV
Francisco de Goya

¡M a a r g a r i t a a a! ¿dónde estás? -pregunté intrigado.

Había perdido a mi amiga con tanto jaleo.

-¡¡¡MATEOOOO!!!! ¿Escuchas lo que te digo?

La voz de la abuela me sacó de mis pensamientos en un plis plas.

-Fíjate en la niña del centro de esta pintura -agregó la abuela-. Mira lo quietecita

que está mientras la retratan: ¡si hasta parece flotar en el aire!

-Claro, es por los chapines —dije recordando los enormes zapatones de mi amiga.

-¿Por los quéeee? —preguntó la abuela poniéndose bizca del asombro.

-Por esos zapatos de suela enorme que lleva —murmuré sonriendo.

Y no le expliqué nada más:

¡Si después me dice que invento unas historias de lo más increíbles!

Me pareció escuchar a Margarita reírse bajito mientras nos íbamos...

¡Toc!...¡Toc!

Pero de lo que sí estoy seguro es de que me guiñó un ojo y taconeó dos veces en el suelo con sus chapines a modo de despedida.

Salimos del museo por la puerta de Goya, la misma por la que entramos, pero Goya tampoco estaba allí esta vez. Bueno, no importa porque ahora sé dónde encontrarle, a él y a mi amiga Margarita, ¡cuántas veces quiera!...

¡Toc!...¡Toc!

Con M de Mateo

Al salir del museo, nos fuimos caminando por el Paseo del Prado. La abuela me contó que se llama así pues, hace mucho tiempo, era un arroyo rodeado de pastos y prados... ¡Y ahora tiene unos árboles inmensos!

Atravesamos el Jardín Botánico y luego bajamos por una calle con casetas repletas de montones de libros. Estuvimos espiando en varios y mi abuela me regaló uno de una princesa; como recuerdo de nuestro paseo por el museo... y tomamos el metro de regreso a casa.

Sobre una cartulina hice un collage con unas postales del museo, los tickets, unas hojas que encontré caminando y el dibujo de mi amiga Margarita tal y como yo la recuerdo. Luego lo clavé con chinchetas a la pared de mi cuarto para que todos sepan de mi fantástico paseo por el museo.

Con M de museo

1. ***Las meninas o la familia de Felipe IV,*** Diego Velázquez (1656)/ 2. ***Autorretrato,*** Alberto Durero (1498)/

3. ***El jardín de las delicias,*** Hieronymus Bosch -El Bosco (h.1505)/ 4. ***Ofrenda a Venus,*** Vecellio di Gregorio Tiziano

(h.1518-1519)/ 5. ***La Inmaculada (de Soult),*** Bartolomé Esteban Murillo.(h.1678)/ 6. ***Las gigantillas,*** Francisco de Goya

(1791-92)/7. ***Baltasar Carlos a caballo,*** Diego Velázquez (1635)/ 8. ***Niños en la playa,*** Joaquín Sorolla (1910)/

9. ***Alegoría del oído,*** Jan Brueghel de Velours (h.1617)/ 10. ***Idilio,*** Mariano Fortuny i Marsal (1868)/

11. ***El tres de mayo de 1808 en Madrid: Los fusilamientos,*** Francisco de Goya (1814)

En esta galería de pinturas podrás reconocer todas las que aparecen en la aventura de Mateo y la Infanta Margarita y que se encuentran en el Museo del Prado. Algunas son enormes y otras muy pequeñas. Observa su tamaño real comparándolas con la estatura de los dibujos de los visitantes. ¿Te imaginabas que podían ser unas tan grandes y otras tan pequeñas? ¡Búscalas y encuéntralas en cada una de las salas del museo!

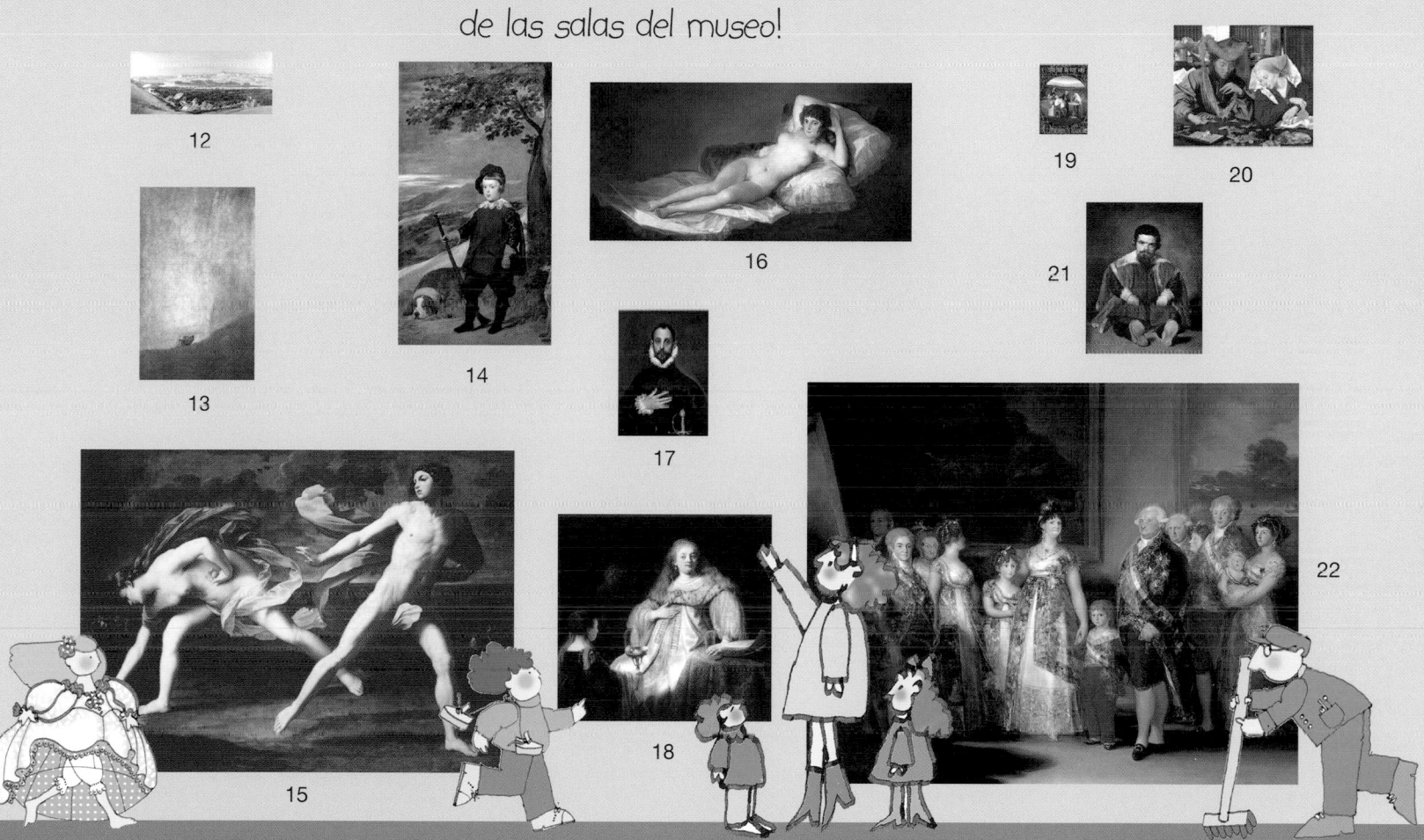

12. *La pradera de San Isidro,* Francisco de Goya (1788)/ 13. *Perro semihundido,* Francisco de Goya (h.1820-1823)/ 14. *Baltasar Carlos cazador,* Diego Velázquez (1635)/ 15. *Hipómenes y Atalanta,* Guido Reni (h.1630)/ 16. *La maja desnuda,* Francisco de Goya.(1798-1805)/ 17. *El caballero de la mano en el pecho,* Domenicos Theotocopoulos -El Greco (h.1578)/18. *Artemisa,* Rembrandt Harmensz Van Rijn (1634)/ 19. *Extracción de la piedra de la locura,* Hieronymus Bosch -El Bosco (1910)/ 20. *El cambista y su mujer,* Marinus Claeszon Van Reymerswaele (1539)/ 21. *Don Sebastián de Morra,* Diego Velázquez (1644)/ 22. *La familia de Carlos IV,* Francisco de Goya (1800)

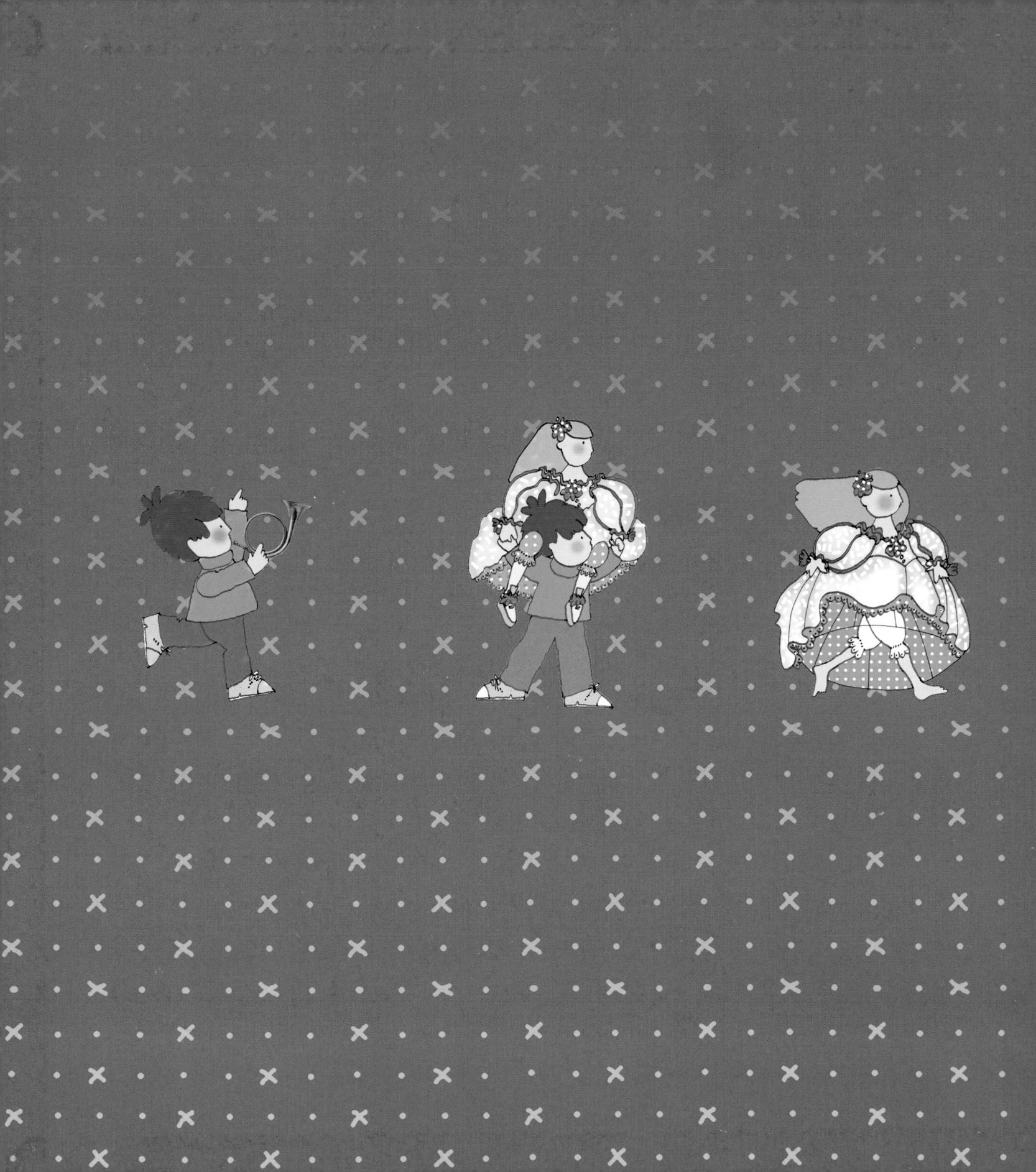